D1177527

INVISIBLE

CUENTOS PARA CONTAR ENTRE DOS
Instrucciones para los padres

Con esta colección, que comenzó con los títulos ***Juntos*** y ***Lo quiero todo***, hemos creado historias cuyo objetivo no sea simplemente el de entretener, queremos también que el niño o la niña aprenda, que pregunte, que se sienta partícipe... y, sobre todo, que viva un momento especial contigo.

Durante la lectura, los niños se encontrarán con situaciones inesperadas, personajes extraños, objetos aparentemente sin sentido... todo forma parte de la didáctica de la historia.

Preguntas a pie de página y al final del libro:

En la parte inferior de algunas páginas encontraréis preguntas para que los niños imaginen qué puede ocurrir a continuación y así despertar su curiosidad. Al final del libro también hay cuestiones sobre diferentes aspectos y pasajes del cuento, con el objetivo de desarrollar su memoria e imaginación.

Desarrollo de las gnosias y la praxis:

Las gnosias son la capacidad que tiene el cerebro de reconocer cosas ya aprendidas, por ello, durante la historia aparecerán objetos incompletos que el niño deberá descubrir. Además, habrá momentos en que los personajes realicen algún tipo de praxis para que los niños lo imiten: distinguir entre izquierda y derecha, guiñar un ojo, mover la lengua, chascar los dedos...

Desarrollo de la perceptibilidad y la coherencia:

Durante el transcurso del cuento aparecerán cuestiones que les servirán para asociar volúmenes, tamaños, cantidades... También observarán objetos que en un principio pueden carecer de sentido; con esto conseguimos que el niño sea capaz de desarrollar la coherencia de escenarios.

Emociones:

Otro de los principales objetivos de este cuento es que los niños sepan identificar las distintas emociones que tienen los personajes a lo largo de la historia. Y no solo interpretarlas, sino intentar generar empatía con ellos. Por eso veréis que las palabras relacionadas con una emoción están marcadas con colores. Esto nos servirá para preguntarle al niño cómo cree que se siente el personaje y qué características piensa que tiene esa emoción.

Al final del libro hay un resumen de las emociones que aparecen en la historia explicando qué comportamientos caracterizan cada una de ellas. Será el momento perfecto para que el niño o la niña nos explique cuándo se ha sentido así.

Emociones que se trabajan en este cuento:
Envidia | Tristeza | Miedo | Alegría | Amor | Rabia

Otros títulos de la colección

NUBE **DE TINTA**

ELOY MORENO

LO QUIERO TODO

CUENTOS PARA CONTAR ENTRE DOS

NUBE **DE TINTA**

GUÍA DIDÁCTICA

Puedes descargarte gratuitamente la guía didáctica del libro para hacer actividades extras en casa o en el colegio.

Papel certificado por el Forest Stewardship Council®

Primera edición: septiembre de 2022

Printed in Spain – Impreso en España

ISBN: 978-84-18050-02-2
Depósito legal: B-11.695-2022

Compuesto en La Nueva Edimac, S. L.
Impreso en Talleres Gráficos Soler, S. A.
Esplugues de Llobregat (Barcelona)

NT 50022

ELOY MORENO

INVISIBLE

CUENTOS PARA CONTAR ENTRE DOS

ILUSTRADO POR
PABLO ZERDA

NUBE **DE TINTA**

Esta es la historia de un niño al que le gustaba jugar con sus amigos, leer cómics de superhéroes y, sobre todo, le encantaban los dragones.

¿Puedes ver los once animales que hay en el dibujo?

Y por eso, en su cumpleaños, sus amigos le regalaron
un precioso dragón de peluche que se iluminaba siempre
que alguien le daba un abrazo.

Tanto le gustó aquel dragón que, a partir de ese día,
el niño lo llevaba a todos los sitios: cuando salía de excursión,
cuando visitaba a sus abuelos, cuando se iba a
dormir, incluso se lo llevaba al colegio...

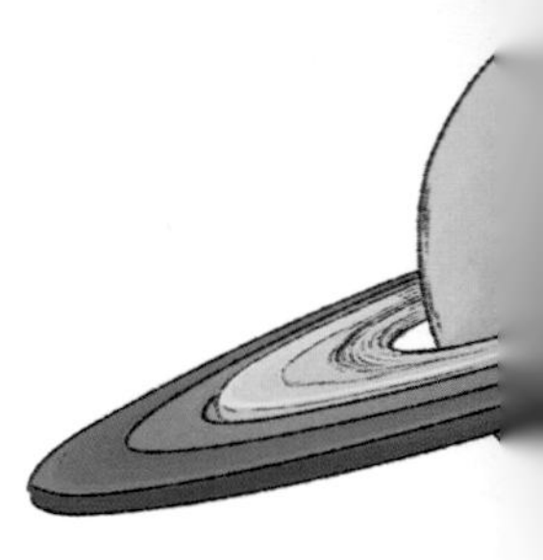

¿Puedes encontrar las cinco mariposas que hay en el dibujo?

Pero, en su clase, había un niño al que llamaban MM
y que siempre quería todo lo de los demás,
pues a veces tenía envidia.

Y claro, en cuanto vio el Dragón, lo quiso para él:

—¡Dame el Dragón! —le gritó MM.
—No, que me lo quitas —contestó el niño.
—¡Dámelo, que lo quiero! —insistió.

¿Qué crees que puede pasar a continuación?

MM

El niño se negó a dárselo y, entonces,
MM se acercó y se lo quitó a la fuerza.

Todos sus amigos vieron lo que pasaba
y, aunque sabían que eso estaba mal,
ninguno de ellos hizo nada por impedirlo,
pues todos le tenían miedo a MM.

Y así fue como MM se quedó con el Dragón.

A partir de aquel día, el niño comenzó a estar triste, pues no podía recuperar a su Dragón. Además, MM se lo enseñaba para burlarse de él.

¿Por qué crees que el niño está perdiendo su color?

¿Por qué crees que sus amigos no le ayudaban?

A veces, cuando salían al patio,
MM le gritaba, le insultaba o le hacía
la zancadilla.

Todos sus amigos lo veían, pero no
hacían nada para ayudarle.

Finalmente, el niño dejó de salir al patio porque tenía
miedo de que MM se burlara de él o le pegara,
por eso se quedaba solo en clase.

Y, poco a poco, un niño que siempre sonreía,
que siempre estaba feliz, comenzó a desaparecer
delante de todos...

¿Por qué piensas que el niño está desapareciendo?

¿Cómo crees que se siente el niño?

Pero, un día, su amiga Veruca se hartó de la situación y lo cambió todo, porque siempre hay alguien que puede cambiar las cosas.

Veruca gritó en medio del parque:

«Ya está bien, ¡tenemos que ayudarle! Yo ya no le tengo miedo a MM».

Al escuchar esa frase, al niño invisible comenzó a ocurrirle algo maravilloso en las orejas.

¿Por qué se le empiezan a colorear las orejas?

¿Con qué mano está señalando al niño Veruca?

Veruca se acercó a él y le cogió las dos manos.
En ese momento ocurrió algo extraordinario, porque sus dedos, sus manos, sus brazos... todo él comenzó a ser visible de nuevo.

Y cuando Ben, uno de sus mejores amigos,
vio lo que estaba ocurriendo, se puso tan
contento que le dio un abrazo muy muy
fuerte, de esos que quitan la tristeza.
Y sucedió algo increíble:

El abrazo consiguió
que se le iluminara todo el cuerpo.

Lo que necesitaba el niño para hacerse visible era amor, y cuanto más amor recibía, más se le veía.

Sus amigos estaban muy felices de volver a jugar con él, por eso se le dibujó una sonrisa en la cara.

Y el niño fue feliz de nuevo
y volvió a jugar con sus amigos.

¿Puedes encontrar las cinco ranas que se han escondido?

Pero un día llegó MM y se enfadó porque
todos estaban jugando de nuevo con el chico invisible,
y se acercó a él con la intención de hacerle daño.
Esta vez, sin embargo, sus amigos no se apartaron,
esta vez se quedaron para ayudarle.

¿Qué crees que puede pasar ahora?

MM

En el momento en que MM iba hacia
el niño invisible, todos sus amigos unieron las
manos como si fueran una sola persona.
Porque cuando los amigos se ayudan,
nada puede pararlos.

¿Por qué el chico va hacia MM?

MM se dio la vuelta, molesto, pero
el chico invisible fue tras él y le animó
a jugar con todos ellos.

Porque todos merecemos respeto y amor.
MM

Y ahora que has acabado el libro no lo cierres, ¡vamos a jugar! A ver cuántas cosas recuerdas.

¿Recuerdas cuántos niños jugaban en el parque en el primer dibujo?

¿Qué le regalan al niño invisible en su cumpleaños?

¿Recuerdas cómo iba vestido?

¿Por qué MM le quiere quitar el Dragón?

¿Por qué ninguno de sus amigos ayuda al niño invisible?

¿Por qué el niño se queda solo en clase?

¿De qué color son sus zapatillas?

¿Quién es la primera persona que le ayuda?

¿Qué pasa cuando Veruca le coge las manos?

¿Recuerdas alguno de los juguetes que aparecen en el parque cuando todos vuelven a estar juntos?

¿Por qué el niño invisible le dice a MM que vaya a jugar con ellos?

¿Qué harías si todo esto le pasara a un amigo tuyo?

¡A buscar!

Vamos ahora a buscar cosas en el cuento...

¿Puedes encontrar los cuatro monopatines que hay dibujados en la primera página?

En cada una de las páginas del cuento aparecen una mariquita, un pájaro y una mariposa, ¿puedes localizarlos?

En todas las páginas está el Dragón del niño, en algunas ocasiones muy escondido, ¿puedes encontrarlo?

En tres ilustraciones hay unas gafas colgadas de un árbol, ¿puedes encontrarlas?

En la página donde el niño está caminando por la noche hay un paraguas, ¿puedes encontrarlo?

Cuando MM empuja al niño, ¿hay algún objeto raro en los árboles?

En diez páginas del libro aparece un patito de goma amarillo, ¿puedes encontrarlo?

¿Puedes dar con las cinco veces que aparece el perro de Ben en el cuento?

Cuando Veruca le coge las manos al niño, ¿ves algún objeto extraño que no debería estar ahí?

¿Puedes encontrar al gnomo escondido en la última página?

Emociones

alegría

«Contento», «alegre», «feliz»... son palabras que nos sirven para definir esos momentos en los que nos sentimos felices. ¿Puedes recordar en qué parte del libro el niño está alegre? **Y tú, ¿cuándo te has sentido feliz?**

rabia

Es cuando algo no sale como nosotros queremos, cuando nos enfadamos con todo, con los demás, ¡hasta con el mundo! **¿Te ha pasado esto alguna vez?**

miedo

Es cuando pensamos que va a ocurrir algo malo o nos encontramos en una situación totalmente desconocida. En esos momentos necesitamos que alguien nos abrace, que nos proteja... ¿Recuerdas en qué momento el niño invisible tiene miedo? **Y tú, ¿cuándo fue la última vez que tuviste miedo?**

tristeza

Es cuando no tenemos ganas de hacer nada, nos sentimos mal por algo que nos ha ocurrido o incluso a veces nos sentimos tristes porque sí. También aparece este sentimiento cuando íbamos a hacer algo que nos hacía mucha ilusión y al final no se pudo hacer. ¿En qué momento el niño se pone triste? **Y tú, ¿cuándo te has sentido triste?**

envidia

Es esa sensación de tristeza o enfado que experimentamos cuando queremos algo que los demás tienen o son capaces de hacer y, en cambio, nosotros no. ¿Puedes recordar en qué momento MM tiene envidia? **Y tú, ¿en qué ocasiones has sentido envidia?**

amor

Es cuando sentimos algo muy bonito por alguien, queremos estar a su lado y compartir momentos con esa persona; sentimos que la queremos. En el cuento, el niño comienza a hacerse visible porque recibe el amor de sus amigos. **¿Cuándo has sentido que tus amigos te querían?**